UNE VIE, UN CONTE

Amétys SEIMA

Une vie, un conte

*

Livre 1

Les fleurs du mâle

©2015, Amétys SEIMA

ISBN 9782322039906

Imprimé par BoD- Books on Demand Norderstedt, Allemagne.

Amétys SEÏMA a des origines congolaises. Elle a grandi en France dans une famille adoptive. Enfant, elle s'intéresse très tôt aux contes, ainsi qu'à leurs adaptations. Elle se passionne pour les textes d'Agatha Christie, Pierre Dubois ou J.M. Barrie.

En 2014, suite à une séparation, elle prend la plume pour un premier opus qu'elle a intitulé *Les fleurs du mâle*. Ses personnages fictifs ne sont pourtant pas si loin du réel. Au contraire, ils nous plongent dans un univers pour adultes où la psychologie est importante. En entrant dans les pensées d'un assassin ou d'un violeur, elle nous rappelle que le mal sommeille quelque part. Cette jeune auteure de 23 ans perçoit les parallèles entre nos existences et les histoires de notre enfance. L'univers qui est le sien est volontairement sans illusion. *Une vie, un conte,* sa collection de textes, est donc un univers noir mais lucide. Un deuxième volet est en cours.

Pour mes proches et amis.

A la mémoire de ma grand-mère, Jeanne.

« L'ombre des vies non vécues ne pèse guère si le rêve est plus fort. »

[Marie-Louise Audiberti, *Les chemins de l'âge*]

I.

Le nez menteur

Il se sentait mal, comme s'il habitait une peau d'âne. Peu à peu, une dégoulinante envie d'indépendance fit son chemin en lui.

Cela avait commencé à l'école. Pietro, qui n'avait jamais connu sa mère, se sentait complexé. C'était avec une certaine gêne qu'il regardait les autres enfants embrasser leurs parents. A quatorze ans, il étudiait dans une école privée exclusivement masculine où la compétition était perpétuelle. Comme il était le plus petit de la classe, il était celui que l'on embêtait le plus. Plus d'une fois on l'avait bizuté : il fut jeté dans les poubelles, plongé dans les WC et, régulièrement, il se faisait racketter. Craignant les représailles, il n'osait en parler en personne.

Mais à qui aurait-il pu se confier?

Solitaire, il n'avait ni famille ni amis pour le protéger. Même si son père mettait un point d'honneur à sa réussite, il ne se présentait pas aux réunions de parents d'élèves. Ouvrier, il souhaitait un meilleur avenir à son fils. Cet avenir ne pouvait passer que par des études assidues. Il était la prunelle de ses yeux. En tant que fils unique, il portait ainsi comme un fardeau toutes les espérances et rêves non aboutis de son père. Ce joug l'usait. L'exigence était permanente.

Sur le chemin, pour se rendre en classe, il avait rencontré deux nouveaux camarades de classe. Ils l'avaient aidé à ne pas se faire racketter.

« Merci, répondit timidement Pietro.

- De rien! Mais tu nous dois quelque chose ! Descends avec nous en ville. On a quelques petites affaires en cours qui pourraient t'intéresser. »

Il réfléchit un instant. Puisqu'il était si seul et qu'il voulait plus que tout faire partie d'un groupe, il décida de les suivre. Ensembles, ils firent l'école buissonnière.

Ces sorties lui apprirent beaucoup plus que ce qu'il aurait pu étudier en classe. Jim était rusé comme un renard. Il l'initia au vol et lui montra comment déambuler dans les tabacs en intimidant les propriétaires. Matéo lui montra comment se déplacer sans bruit, dans des lieux où faire des rapines. Il marchait désormais avec l'agilité d'un chat. Il savait comment s'en sortir, sans se faire arrêter. Pietro découvrit ainsi quels étaient ses véritables talents.

Il parvenait à gagner une certaine ascension sociale. L'argent coulait à flot, grâce à sa connaissance d'échappatoires. La vie était pour lui un jeu de lois dont il déplaçait les pions. Il jouait avec les flics, sans se faire prendre.

Son père lui demandait :

« Pietro, tu ne me parles plus de tes cours. Où en es-tu dans tes examens? Es-tu prêt? »

Pietro aurait pu faire de la politique. Il usait des rouages de la langue de bois. Il avait une vérité en tête. CETTE vérité :

« Je m'enfuis de l'école. Je m'en contre balance de réussir mes examens.

Je ne suis pas toi!

Ce qui m'importe, c'est de m'évader pour devenir quelqu'un. Tu as tant d'espoirs et de croyances en moi que je n'ose pas te dire à quel point je suis différent. Toute ta vie tu as travaillé, et malgré ça, tu n'as toujours pas eu ce que tu voulais. Alors qu'avec quelques pirouettes et un mensonge j'obtiendrais tout ! Même ta confiance ! »

Cette vérité ne sortit pas de sa bouche. Le mensonge se déversa comme un fiel :

« Oui tout va bien. D'ailleurs, je pense qu'on ne te convoquera pas cette fois. Demain, je reste réviser chez Jimmy. Donc, ne t'inquiète pas ! »

Ce premier mensonge fut magique. Il eut immédiatement conscience du nombre incalculable de scénarios possibles qui s'offraient à lui. Dorénavant il pourrait être n'importe qui. Il lui suffirait d'un mensonge. Un bon mensonge : ce qu'il maîtrisait le plus au monde. Pour cela, il fallait que lui-même y croie. Il y ajouterait de la logique et un soupçon de détails, tout en donnant une réelle description des situations.

Pietro en avait une telle pratique qu'il pouvait désormais former d'autres personnes.

« N'en faites pas trop !

Laissez la victime vous poser des questions. Répondez-lui naturellement. Le naturel est issu de la vraisemblance et de votre jeu d'acteur. Travaillez vos expressions afin qu'elles ne vous trahissent pas. Pour cela, il est vital de respecter un certain code.

1- Pour votre attitude générale. Evitez tous les gestes susceptibles de parasiter votre naturel. Ne laissez transparaître aucun conflit intérieur ni aucun doute. Ne cachez pas votre bouche ; ne jouez pas avec des objets, afin de ne pas dévoiler votre stress.

2- Fixez au maximum la personne à qui vous mentez. Ne rompez pas le contact visuel afin que vous n'ayez pas l'air de chercher une échappatoire. Interdisez-vous de regarder vers la gauche. C'est dans cette partie du cerveau que se construit votre imagination. Faites plutôt appel à votre mémoire, en fixant la droite.

3. Façonner votre voix. Soyez attentifs à ce qu'elle ne change pas trop soudainement de tonalité ou de rythme.

Enfin, si votre mensonge sert à vous dédouaner de quelque chose que vous avez commis, si vous commencez votre récit par « je » (ce qui vous responsabilise ») trouvez le moyen de ne pas continuer votre histoire par « nous ou on » car cela diluerait cette responsabilité et l'on pourrait se rendre compte que vous manipulez la personne. »

Pietro mettait la touche finale à son argumentaire, en montrant que le doute était évincé.

Vingt ans plus tard, il était le même.

Il était cependant un acteur abouti. Pour sa première épouse, il était porté disparu. Pour ses différentes maîtresses, il était avocat et célibataire. Son père le voyait comme un père de famille. Ses amis le percevaient comme menaçant.

Il était un adulte, mais ce n'était qu'une façade. Il avait du mal à faire face aux responsabilités. Il détestait le mode de fonctionnement des autres. Le schéma « métro, boulot, dodo » lui donnait la gerbe. Pietro ne supportait plus de devoir partager sa vie. Rentrer le soir et se retrouver face à une femme se conduisant comme un soldat armé de questions et de reproches, devenait contraignant. Il ne pouvait plus voir une table couverte de céréales et de lettres de relance ; il ne voulait plus partager son lit avec ses enfants, qu'il percevait comme des freins à son épanouissement personnel et à sa croissance. Aussi mignons qu'ils pouvaient être, ils lui prenaient un temps considérable. Que faisaient-ils dans sa vie, si ce n'était dévorer ses biens qui finissaient engloutis comme dans le ventre d'une baleine ? Cependant, le fait de devoir partager son lit conjugal le sauvait de rapports intimes forcés avec cette femme. Elle lui permettait simplement d'éponger une douloureuse histoire d'amour passée, mais qui l'avait rendue prisonnier.

S'il devait la supprimer, comment procéderait-il ?

Tout était calculé dans sa tête. Il savait exactement qui pourrait tirer les ficelles. Il ne manquait plus que le moment propice.

« Je sais que tu ne m'aimes plus, avait-elle gémit en le voyant installer des couvertures sur le canapé pour y passer la nuit. Dis-le, au lieu de me le cacher. On ne fait plus rien tous les deux ! »

La vérité ne sortait pas de sa bouche mais traversait son esprit:

« Non je ne t'aime plus ! D'ailleurs je ne t'ai jamais réellement aimé!

Tu me plaisais physiquement et tu étais une fille facile que je pouvais berner.

Mais tu m'as piégé au fil du temps. Tu m'as fait deux gamins… Ne crois pas que ces deux enfants vont m'empêcher de me barrer ! Regarde-toi dans ton pyjama délavé ! Il cache à peine ton corps flasque et disgracieux. N'espère pas que je vais te rejoindre pour forniquer alors que j'ai à mon actif quatre maîtresses, performantes et plus attrayantes. »

Un mensonge sortit de sa bouche:

-   Non ma puce, je suis juste fatigué! Je dois dormir je n'ai pas envie de… réveiller les enfants ».

Un soir, son téléphone s'affola. Discrètement, il lut ses trois messages en cachant l'écran sous la table. L'un des messages venait de ses associés, lui proposant de faire une nouvelle fois la tournée des bars. Le deuxième contenait une photo sensuelle où sa favorite dévoilait subtilement son anatomie, telle une fée bleue. Le dernier message était une relance de la part de l'Etude de Maître Lorenzi concernant ses dettes.

Pietro se surprit à contempler « sa famille ». Son fils courait dans le salon et sa fille hurlait dans son berceau. Sa compagne (son erreur de jeunesse) était assise devant l'ordinateur. Sa main droite posée sur son ventre laissait entrevoir l'hypothèse d'une nouvelle « catastrophe ». Il l'entendit se plaindre encore, sans pouvoir comprendre ses mots. Il n'avait plus la force de subir sa présence. Le rictus innocent d'Alison animait son hostilité.

Le rêve l'envahit de nouveau…

Dans ce rêve, il saisissait son cou de cygne. Il sentirait le pouls sous ses doigts serrés. Il voulait la tuer à petit feu. Il la ferait taire de force en l'étouffant. Dans son songe, il apercevait les bleus sur le corps gracile. Alison rendrait son dernier souffle. Elle ne serait plus qu'une loque affalée sur le sol. Toute chaleur la quitterait.

Ce serait la fin du bagne mais le début d'une une vie meilleure, d'un nouveau rôle à jouer. Il se fixait un autre but. Un meurtre lui permettrait d'être connu de tous. Il voyait déjà la une dans les journaux. Les colonnes décriraient sur papier tous les détails du meurtre. Il serait un fugitif, mais pourrait se concentrer que sur lui-même. Dans la clandestinité, il engrangerait sa fortune tel un Harpagon. Pietro se voyait vivre à l'étranger où il pourrait blanchir son argent tranquillement.

Et s'il tuait aussi les enfants ?

Le macabre fantasme fut interrompu par la voix d'Alison, comme sortie d'outre-tombe. Il l'entendit prononcer des mots invraisemblables :

« Pietro, j'ai enfin décidé de te quitter ».

Loin de le torturer, sa conscience se tut. Il éprouva un immense soulagement, sans que son cœur ne saigne en attendant cette nouvelle. Tout se passait comme s'il était de bois.

Il n'aurait pas à imaginer le pire : il lui suffirait de disparaître pour recommencer une nouvelle vie.

Cette absence de réaction surprit Alison. Elle pensait qu'il était un homme, un vrai. Mais peut-être avait-elle rêvé sa sincérité. Ce n'était qu'un pantin au cœur inanimé.

II.

La rêveuse dans

un monde réel

Petite fille, Alison rêvait d'un grand mariage avec une robe de princesse. Elle se voyait cheminant jusqu'à l'hôtel dans une nuée de dentelle. Tous les regards seraient tournés vers elle. Elle se serait sentie comme privilégiée...: au centre du monde. Elle rêvait de vivre les histoires extraordinaires des pays habités de démons et merveilles. Pourquoi ne pas rencontrer un bel aventurier ? Ou s'expatrier ?

A vingt-six ans, elle avait eu deux enfants (Hélio et Kémi). Elle avait interrompue une troisième grossesse. Mais elle n'était toujours pas mariée. Ses divagations et son orgueil l'avaient amenée à croire qu'elle allait s'en sortir seule. Alison ne faisait que courir après des lubies matérielles et futiles qui ne lui avaient servies qu'à lui faire perdre du temps. En accordant sa confiance à de mauvaises personnes, elle tomba dans le cercle vicieux de la société comme un lapin dans son terrier.

Elle trimait et ne supportait plus sa vie devenue trop difficile. Enchaîner les petits boulots ne suffisait plus à couvrir les impayés qui s'accumulaient.

« Madame,

Vous n'avez pas donné suite à nos relances. Vous nous devez toujours les frais de prise en charge de vos enfants. Nous sommes au regret de vous informer que nous n'assurerons plus le service demandé et attendons que vous cherchiez un autre mode de garde ».

Elle ne prit pas la peine de répondre à cette mauvaise nouvelle. En quittant Pietro et en devenant une mère célibataire, Alison s'attendait naïvement à plus de générosité. Au contraire, les différent prestataires l'usaient et l'utilisaient! De vrais piranhas ! Ces gens là n'avaient aucune pitié, du moment qu'ils touchaient leur part. Peu leur importaient qu'elle risque de perdre son travail ou de ne plus pouvoir payer son loyer. Peu leur importaient qu'elle n'ait plus de quoi nourrir ses enfants.

Sa vie n'était pas un long fleuve tranquille. Alison voguait sur le Styx.

Dans son appartement, ou plutôt son *cagibi*, elle ne fut pas surprise de constater que l'électricité était coupée. A l'entrée, des sacs poubelles s'entassaient. Une odeur nauséabonde de couches se mélangeait à celle des aliments avariés. L'endroit était lugubre et exigu. C'était plus une tanière qu'une habitation. Elle s'y sentait ensevelie. Elle avait le sentiment qu'on lui ôtait toute humanité.

Elle avait récuré récemment le sol, mais celui-ci collait. La salle-de-bains moisissait. Des tuyaux rouillés couraient le long des murs froids, mal isolés. Quelques blattes se faufilaient entre les interstices.

Ses enfants dormaient dans une chambre qui ressemblait à une buanderie. Des vêtements s'y entassaient, sans qu'elle puisse dissocier ceux qui étaient sales des propres.

Alison dormait dans le salon. Quelques souvenirs lui rappelaient la femme qu'elle était autrefois : un vieux rouge-à-lèvres ; un mascara et une paire de chaussures à talons. A une époque, elle avait été belle et désirable.

Déprimée, elle se regarda dans le miroir. Qui était cette femme dans le reflet? Qui était cette loque? Elle ne reconnut pas ses cheveux sales. Son regard terreux et vide était surligné par des cernes violacés. Ces lèvres gercées lui appartenaient-elles ? Elle se méprisa elle-même en se demandant si tous ces ignobles ignorants avaient raison? Et si elle n'avait pas fait de « mauvais » choix? Comment aurait-elle vécue, si elle n'avait pas eu cette vie *merdique* de souillon?

Elle eut l'idée d'en finir... Mais comment s'y aurait-elle prise? Se trancherait-elle les veines ? Se ferait-elle exploser la cervelle ? Elle désirait ardemment le poison d'une pomme, tendue par une main griffue. Après sa mort, ses proches (son banquier, ses voisins, son patron ou ses enfants) seraient-ils soulagés ? Qu'adviendrait-il de ses enfants dans cette société de consommateurs cupides ? Auraient-ils une chance de survie ?

Ses idées noires furent chassées par l'appel d'un de ses enfants:

« Maman, j'ai faim ».

La rupture était totale : dans son âme et jusque dans le matériel. Elle n'avait plus de couches, encore moins de lait.

Machinalement, elle sortit le plat mis de côté la veille. Comme un automate, elle servit le repas froid qui lui était impossible de réchauffer.

Après une succession de signalements au parquet, elle se retrouvait dans ce vingt-cinq mètres carrés : une chambre, dans un foyer *Mère-enfants*. Les travailleurs sociaux ne lui avaient plus laissés de choix. C'était l'étape de la dernière chance, comme une dernière allumette offerte à l'enfant des rues. **Sa** dernière chance ! Elle devait avouer qu'elle n'en faisait qu'à sa tête. Complètement dépassée, cette jeune mère lâchait prise.

14 mars, dix-huit heures quinze…

Avant de se coucher, elle fuma les trois derniers joints qu'elle venait de rouler. Une sensation d'évasion l'envahit, comme si elle était aux portes du pays d'Oz. Elle prenait une herbe fraîchement coupée : 15 grammes de haschich lui permettaient de rester l'héroïne de sa vie. Pour s'en procurer, il lui arrivait de faire quelques passes. Mais se prostituer la dégoûtait. Sa dose lui permettait de tenir face à une nouvelle poussée. Elle lui donnait la force de se lever et de conduire ses enfants en classe. Tous les signaux d'alerte étaient déclenchés. Alison ne pouvait arrêter : la drogue devenait une nécessité. La drogue était comme une seconde peau.

Le soir, seule dans sa chambre, Alison avait l'impression que quelque chose l'exhortait :

- Mange-moi ! Absorbe-moi ! Tu te sentiras mieux…

Peu importait le flacon pourvu qu'elle ait l'ivresse. Quand elle prenait sa dose, les résultats étaient quasiment immédiats. Elle avait le sentiment de quitter le sol et de toucher le septième ciel. Elle délirait. Une étrange comptine lui revenait du fond de sa mémoire…

« Vous êtes vieux, Père Guillaume.

Vous avez des cheveux tout gris…

La tête en bas ! Père Guillaume ;

À votre âge, c'est peu permis ! »[1]

La drogue lui permet de se sentir de taille.

Elle avait son lot quotidien de pressions et de jugements. Elle devait boire les paroles distillées par des inconnus, qui tentaient de la rapetisser. Les mots étaient comme des poisons dans l'eau trouble. Il y avait les blagues salaces de son patron. Les insultes des voisins : « Cassos ! » ; « Mère indigne ! » ; « Crasseuse ! » ; « Poule pondeuse »… etc. Il y avait aussi les humiliations entendues comme « Arrête de te plaindre ! »; « Il ne fallait pas faire d'enfants, si tu n'arrives pas à les assumer! » ; « Si c'était pour devenir camée, il fallait avorter ! » ; « De nos jours, les jeunes ne travaillent plus. Ils sont trop occupés à

[1] Comptine *Alice aux Pays des Merveilles*, chapitre V « Vous êtes vieux, Père Guillaume », récitée à la Chenille.

faire des gosses ! »…etc. Certaines questions insultantes résonnaient encore dans sa tête : « Tes gamins sont-ils du même père ? ».

Ce monde de chapelier fou la consumait dangereusement. Elle s'éloignait du droit chemin et s'enfonçait de plus en plus loin hors de la réalité.

Elle présentait une carapace aux yeux du monde : une apparence fière et forte. Sous le vernis, Alison souffrait, littéralement blessée. Elle croyait entendre les paroles de *Suicide social* [2] :

> « Aujourd'hui sera le dernier jour de mon existence
>
> La dernière fois que je ferme les yeux
>
> Mon dernier silence

---

[2] Orelsan- Paroles de *Suicide social*.

J'ai longtemps cherché la solution à ces nuisances

ça m'apparait maintenant comme une évidence

Fini d'être une photocopie

Finis la monotonie, la lobotomie »

Prise au piège, Alison avait le sentiment de se noyer dans ses larmes.

14 mars, midi 30...

Le service des repas se terminait au réfectoire principal du foyer. Son sommeil avait été un long voyage. Elle en fut tirée par les hurlements de Kémi, dont la couche débordait de déchets naturels. Hélio tentait de la réveiller depuis plus d'un quart d'heure.

« Maman. Kémi n'a plus de couches. Je ne peux pas la sortir du lit. Réveille-toi, s'il te plait, maman ! », avait-il dit d'un ton suppliant.

Alison, même éveillée, ne sortait pas de son état second. Malgré les sollicitations de son fils et les pleurs de sa fille, elle continuait de planer.

Alison arriva en retard. Son patron la menaçait régulièrement de la renvoyer. Mais cela ne l'affectaient plus. Malgré son envie d'être une bonne mère, elle décrochait. Elle ne parvenait pas à suivre les progrès de son fils à l'école et devait subir la réprobation des professeurs.

15 mars, 9 heures…

Les services sociaux furent à nouveau alertés.

30 mars. Jour de la convocation…

Alison avait eu le sentiment que le chemin jusqu'à la salle d'audience était long et sinueux comme un labyrinthe.

Quand elle fut assise en face de la juge, elle se sentit minuscule.

La magistrate se leva. Telle une reine sans cœur, elle abattit sa dernière carte :

« Selon mes informations, votre situation ne s'est pas améliorée. Or, je me préoccupe du devenir de vos enfants. Comment peuvent-ils grandir s'ils restent auprès de vous ? ».

La juge déroula le parchemin des péchés d'Alison. Elle les rendit publiques, en les étalant aux yeux de l'assistance. Son ton faisait mal, teinté d'arrogance et de mépris. Elle n'avait de la rose rouge que les épines : celles qui blessent.

Alison la fixa du regard. Soudain, elle ne put contenir un flot inattendu qui venait de son cœur :

« Excusez-moi « votre grâce » (ou je ne sais pas de quelle manière on doit vous appeler), avez-vous des enfants ? ».

Toutes les personnes présentes furent outrées de la colère de cette mère désœuvrée. Comment osait-elle poser des questions à la juge ?

« Répondez-moi !   Avez-vous   des enfants ? »

- Oui, j'ai une fille mais...

- Vous êtes si fière de vous et imbue de vous-même que vous me regardez comme si j'étais un monstre ! C'est vous et vos pantins *dégueulasses* qui m'enfoncez, au lieu de m'aider! C'est de votre faute s'il est plus facile de se droguer que de demander de l'aide! Puisque vous vous permettez de me juger, j'espère pour votre fille que vous êtes une mère parfaite et que des histoires comme les miennes vous aident à mieux vous endormir le soir !! Oui, JE ME DROGUE mais personne dans cette salle n'aime et n'aimera

plus mes enfants que moi! Qu'est-ce que vous attendez ? Faites donc ce que vous avez déjà décidé. Epargnez-moi cette mise en scène ! Vous faites mon procès alors que, dès le départ, vous connaissez quelle sera ma peine! Écouter des gens comme vous (des bourgeois inutiles prétentieux faussement éduqués), diriger ma vie, me fais royalement chier !

- J'en ai assez entendu ! Nous plaçons immédiatement vos enfants. »

Le couperet venait de tomber. Alison sentit que le sol se dérobait, comme si on lui coupait les jambes. Dans un dernier émoi, elle se vit, s'agrippant à ses enfants. Elle leur demandait pardon. Elle prononçait des mots qui disaient l'amour qu'elle éprouvait pour eux. Cet amour lui suffisait amplement comme motivation pour se débattre, se réveiller et immerger le plus rapidement possible. Ses doigts continuaient de se resserrer autour des deux bambins. Des assistantes sociales venaient les éloigner d'elle. Alison ne bougeait plus. A terre, elle pleurait sur ses erreurs. Elle priait pour que ça s'arrête. Elle se sentait mal : tout tournoyait dans sa tête...

14 mars...

« Maman, réveille-toi ! Kémi pleure ! S'il te plaît maman ! Tu es triste ? ».

Alison se réveilla. Ses yeux étaient encore humides. Il était dix-huit heures quinze. Une poudre blanchâtre était encore dans son réceptacle en plastique. La jeune mère s'empressa de jeter le tout dans les eaux usagées. Heureusement, elle n'avait pas touché au poison. Elle couvrit ses enfants de baisers. Ce geste était comme la promesse d'un avenir meilleur.

Ce qui fut dit fut fait. Ses enfants ne seraient pas abandonnés, même si elle ne pourrait financièrement les gâter.

Elle se refusait de laisser ses enfants se perdent dans le labyrinthe.

III.

L'enfant perdu

Troisième semaine...

Nael ressentait qu'il n'était pas un enfant désiré. Sa mère Mikaela ne se sentait pas prête pour l'élever. Il vivait dans un globe, une sorte de nid chaud qui l'isolait un peu des dangers du monde. Dans cet intérieur, il le savait et avait toujours su qu'il était un « accident ». Mikaela était si jeune : une adolescente qui avait grandi trop vite. Elle avait été contrainte de devenir adulte par un événement noir et troublant. Avant même sa naissance, il ignorait ce que pouvait être l'amour. Il percevait la voix lointaine de Mikaela. Elle parvenait jusqu'à lui sous la forme d'une douce mélodie qui faisait le lien entre eux. Pourtant, il ressentait la résistance de sa mère à lui donner plus. Si seulement la peau pouvait transmettre autre chose : des caresses, des mots, des histoires qui parviendraient jusqu'à lui pour l'aider à s'endormir !

S'il pouvait, il lui demanderait un mouton. Ainsi, il se serait cru comme un petit prince.

« Dessine-moi un mouton ! »[3]

*

Cinquième semaine...

Il serait un bébé calme, qui ferait très rapidement ses nuits. La peau fine transmettait des pleurs et des cris venus de l'extérieur. Dans sa solitude, il les percevait et les buvait comme une éponge émotionnelle. S'il se faisait tout petit, afin de ne déranger personne ? Il oubliait de trop bouger, se faisant aussi discret qu'une ombre. Mikaela se nourrissait peu. Il en pâtissait lentement.

Il entrevoyait une autre voix. Sans doute celle de sa grand-mère. La voix

---

[3] Antoine de Saint-Exupéry. Extrait du *Petit Prince*. Chapitre II.

semblait aimante et douce à travers la paroi. Il y aurait peut-être une issue de secours pour lui. Si Mikaela n'avait pas la force, serait-il possible que quelqu'un d'autre puisse l'aimer ? Un autre proche ? Une famille d'accueil ?

*

Septième semaine...

Malgré tout, il profitait de l'espace intérieur. Joyeux et insouciant, il s'ébrouait dans la « piscine ». Une échographie aurait pu montrer que, parfois, il souriait. En plein développement déjà, il ressentait qu'il aurait un imaginaire sans limite.

Plus tard, il serait dans une famille rêvée : six garçons perdus comme lui ; six garçons abandonnés vivant ensembles. Ce rêve était une promesse de merveilles offertes par une multitude de jeux dont il se voyait le chef. L'eau de chagrin dans laquelle il nageait donnait au rêve la forme d'une île. Les autres garçons n'y seraient que des faire-valoir. C'était SON pays imaginaire. Lorsqu'il fermait les yeux, il se voyait voler au dessus des nuages d'un ciel bleu. Il connaissait tous les nuages : Cirrus, Cumulus, Nimbostratus. Il en avait caressé du bout des doigts, comme on caresse la toison d'une brebis.

Nael apprenait par cœur le nom des vents du monde. L'alizé dans ses cheveux le menait jusqu'au simoun. Il observait le sirroco décoiffer les dunes de sables. Le zéphyr transportait la douceur jusqu'à lui.

Son corps tournoierait au-dessus du monde. Il observerait et courrait tel un hussard sur les toits. En chantant, il escaladerait un chêne pour y fabriquer une cabane :

« Veux-tu, veux-tu
Au grand arbre me trouver
Pour qu'on puisse partir libre comme je te l'ai demandé

Des choses étranges s'y sont vues
Moi j'aurais aimé
À minuit, te voir, à l'arbre du pendu… »[4]

Ainsi, il s'enfuirait avec les garçons perdus dans un endroit où le temps suspendrait son vol. Là-bas, il ne serait pas obligé d'affronter la dureté de la vie. Il serait dans un lieu où tous les enfants trouveraient leur compte. Dans cet endroit, le manque d'amour parental se ferait moins douloureux. Il eut alors une idée. Et s'il interdisait les mots « maman », « adulte », « maison », etc. dans le règlement de sa future île ?

S'il interdisait même à tous les enfants perdus de grandir ?

Tout ne serait que jeux et éclats de rire, surtout quand il partirait à la recherche des indiens.

---

[4] Jennifer Lawrence- *L'arbre Du Pendu* paroles extraites du film *Hunger Games*.

*

Neuvième semaine...

A travers la paroi, il perçut une nouvelle présence. C'était une voix de petite fille. Quel âge pouvait-elle avoir ?

A quoi pouvait-elle ressembler ?

Elle avait de drôles de blagues. Il l'entendit dire :

« Rassure toi je ne vais pas te voler ton ombre ! »

Nael fut surpris par cette voix. Elle lui rappelait étrangement celle de sa mère. Elle avait la même douceur que celle de Mikaela. Tout se passait comme si la petite fille collait son oreille contre la porte d'entrée de sa cabane, juste pour le plaisir de murmurer. Elle savait lire et contait fabuleusement bien les histoires.

Il se passionnait surtout pour les vies de pirates, comme Barbe-noire. Son cœur palpitait quand les flibustiers prenaient des navires, le sabre au point. Il partirait à l'attaque. Mais partagerait-il ses butins ? Nael se voyait sur le pont d'une frégate. Il préparerait en douce une mutinerie. Le capitaine passerait par-dessus bord. Il pourrait prendre sa place et voguer sur les océans.

Nael aimait tant ces moments qu'il en oubliait de dormir. Son imaginaire partait cependant au galop, le conduisant à croire qu'il était le héros des contes. Plus tard, il se servirait de ces histoires pour alimenter ses jeux avec les enfants perdus. Il s'inventait déjà une fabuleuse chasse au trésor.

*

Onzième semaine...

Il rêvait sans cesse de son île. Mais pourquoi demeurait-elle un rêve ?

Pourquoi était-il si seul, bloqué à l'intérieur ?

Il imaginait que les enfants perdus le réclamaient, en pleurant à chaudes larmes. N'était-il par leur chef ?

Il s'habituait à la présence de la petite fille. Mais ce soir-là, sa voix était emprunte de tristesse. Il comprit qu'elle allait grandir et qu'elle ne pourrait plus le voir. Elle lui offrit alors une dernière histoire :

« Il était une fois un petit fœtus qui n'avait pas été fait par amour. Sa mère était si jeune: 16 ans, à peine ! Elle ne pouvait s'imaginer être mère, alors qu'elle n'était pas encore une adulte et qu'elle portait le fruit d'un homme qu'elle haïssait.

Le petit fœtus était destiné à une grande carrière. S'il avait vécu, il aurait été un homme espiègle. Il aurait eu assez de charisme pour devenir un homme d'Etat. Une autre écriture aurait pu faire de lui un écrivain, car il avait une imagination hors du commun. Malheureusement, la page restera blanche. Rien de tout cela n'adviendra. Le tic tac de l'horloge (celui qui rythme la vie) changea le destin.

Petit fœtus, sais-tu pourquoi tout le monde part et que tu restes là sans grandir ?

Parce que tu n'existes pas !

Avant la fin de la onzième semaine de grossesse, ta mère avortera. La date était prévue dans le planning familial. Tu as rêvé, imaginé, mais tout ne restera que suppositions. En te dévoilant ce secret, petit ange, je t'aide à apaiser ta conscience.

Mais tu n'y es pour rien. Seule la vie a décidé qu'il en serait ainsi. D'autres enfants se perdent. Je compte sur toi pour les attendes là-haut sur la deuxième étoile. Prends soin d'eux quand ils arriveront. Je sais qu'avec toi ils ne pourront pas s'ennuyer, ils vivront d'éternelles aventures sans fin. Envole-toi, va vite rejoindre le pays imaginaire que tu chérissais tant. »

Pour la première fois de sa vie, il eut peur du Capitaine Crochet. L'instrument était glacé, pointu et sans pitié. La frappe fut chirurgicale. Nael n'était qu'un dommage collatéral d'une relation sans émoi.

Il ressentit que la vie le quittait, alors que le monstre le retirait définitivement de son île. Il alla au ciel, mais ce n'était pas pour voler comme une plume légère. Son paradis était sans doute comme un jardin d'enfants.

Le processus d'évacuation fit son œuvre. Il tomba dans l'oubli, comme tant d'autres avant lui.

L'histoire pouvait-elle s'écrire autrement dans le corps d'une mère qui n'avait pas été assez chaperonnée?

IV.

L'adolescente non chaperonnée

Mikaela était habituée au luxe de la jeunesse dorée. Elle était fille unique. Sa famille ne manquait jamais de rien. Sa mère était juge pour enfants et son père était procureur. S'ils étaient complètement fous d'elle, ils étaient souvent absents.

Mikaela était alors confiée à sa grand-mère qui l'adulait. Elle recevait toutes les attentions possibles. Cela allait de la tablette tactile dernier cri jusqu'au sac-à-mains à la mode. Elle désirait les dernières chaussures exposées dans la vitrine des grands magasins. Mikaela sortait énormément et librement. Demander une quelconque autorisation était inutile. Elle bannissait le « non » de sa vie, au maximum. Comment pouvait-on lui refuser quoique ce soit ?

Son dernier caprice fut un cardigan rouge. Sa grand-mère lui offrit aussitôt.

Le carmin devint alors une obsession pour Mikaela. Tout se passa comme si ce vêtement la faisait sortir de l'enfance. Cette couleur représentait le sang de la vie, les coquelicots dans les champs, mais aussi le désir charnel.

Dès lors, Mikaela voulut le beurre et l'argent du beurre. Son porte-monnaie était un tonneau des Danaïdes. Plus sa grand-mère le remplissait, plus Mikaela le vidait rapidement.

Bien qu'elle n'ait que seize ans, les garçons étaient une préoccupation omniprésente pour Mickaela. De ses longs cheveux noirs au rouge de ses lèvres, tout était calculé. Les filles de son âge la jalousaient. L'ensemble du lycée la connaissait comme le loup blanc. Elle prenait plaisir à se pavaner dans la cour du lycée. Elle portait des jupes courtes affriolantes, assorties de décolletés racoleurs. Elle ne reculait devant aucune provocation, mais se riait du genre qu'elle se donnait. Les flatteries que lui faisaient la gente masculine ne faisaient qu'accroître son narcissisme.

Les jours passaient et se ressemblaient. L'ennui était omniprésent. Sa mère n'avait jamais le temps de lui parler alors que le besoin d'en savoir plus sur les relations amoureuses et intimes se faisait urgent. Il fallait qu'elle vive cette expérience avant que ses camarades de lycée ne se rendent compte qu'elle était vierge. Elle ressentait le besoin d'une chaleur humaine. L'amour l'obsédait, comme une promesse de sensations fortes. Elle souhaitait attirer l'attention. Il manquait un accessoire à sa panoplie : une présence. Elle voulait exister dans les yeux d'une personne.

Puisqu'aucun de ses proches ne se rendait disponible, elle décida de provoquer les choses.

C'était un après-midi. Elle flânait le long des allées marchandes, ses écouteurs aux oreilles, elle s'arrêtait de temps en temps pour se recoiffer dans les reflets des boutiques qui défilaient. Elle prit le temps de s'acheter un parfum à l'odeur de pomme sucré, et deux nouveaux bracelets. Ses parents étaient absents. Après ses emplettes, elle devait se rendre chez sa grand-mère.

Sur le chemin, elle croisa le regard d'un beau brun ténébreux aux yeux vert perçants. Elle lui sourit. Elle sentit qu'il la dévorait du regard. Elle glissa dans sa démarche un soupçon de sensualité. Elle se fit plus féline et vit que cela fonctionnait. Le bel inconnu l'a rattrapa.

« Belle demoiselle, comment t'appelles-tu ? »

La jeune fille voulait devenir une femme. Elle continua donc naïvement son jeu dangereux. Le physique attrayant du jeune homme l'aveuglait. Il était élégant. Ses cheveux noirs ébouriffés lui donnaient un air insolant, voire sauvage.

Fallait-il l'apprivoiser ?

Mikaela s'arrêta pour lui parler. Le danger entrait dans la bergerie.

La naïve et le rusé se promenaient. Ils passèrent les parcs urbains. Il y avait un espace boisé où l'ombre fut propice au premier baiser. La rencontre de leurs lèvres fut éphémère. L'émotion nouvelle fit palpiter le cœur de Mikaela. Elle se crut amoureuse. Ses mains moites tremblaient. Ce premier baiser échangé était si intense qu'il la perturbait.

L'homme avait plutôt l'air tenu par la faim. Allait-il lui mordre le cou ? L'inconnu la bécotait d'appétit et voracité.

« Par où vas-tu passer ma jolie, pour rentrer chez toi? », demanda l'inconnu.

L'ignorante lui dévoila son lieu de résidence. Elle ne contrôlait plus rien. Elle s'entendit prononcer qu'elle vivait *13 rue Sans Sens*.

Elle serait seule pour tout le week-end. Elle le souligna. Il fit alors la promesse de la rejoindre avant minuit. Elle eut soudain le sentiment d'être une cendrillon belle à croquer.

Elle s'en ouvrit à sa grand-mère. Elle décrivit l'inconnu et le baiser échangé dans l'ombre des bois. L'absence de ses parents était derrière elle, comme effacée par son bonheur naissant. Sa grand-mère s'absenta pour lui laisser profiter de ce rendez-vous.

Mikaela prit beaucoup de temps pour se préparer, ce soir-là. Le changement était d'abord physique : elle choisit de porter un cardigan qui laissait entrevoir un soutien-gorge de dentelle rouge sanguine. Le changement était ensuite psychologique : elle avait la certitude de réaliser son fantasme. Elle désirait plus que tout devenir comme l'une de ces femmes que l'on voit à la télévision, dans les magasines ou sur les affiches publicitaires. Ces créatures sensuelles assumaient leurs désirs charnels, tout en paraissant inaccessibles.

Dans son idéal, l'inconnu la rejoindrait. Ils riraient ensemble et feraient de fabuleux projets ; il lui dirait qu'il l'aimait tout en passant une main dans ses cheveux. Il l'embrasserait à nouveau. Au bout de quelques sorties, elle lui dirait « oui ». Ils feraient l'amour. Ce schéma était emprunt de romantisme.

Le moment du rendez-vous survint. L'inconnu l'attendait. Souriant nerveusement, elle l'invita à entrer. Elle n'eut pas le temps de fermer la porte. L'homme s'était rapproché, glissant ses doigts dans son décolleté. Elle remarqua ses doigts griffus pour la première fois.

Elle fut surprise de tant de précipitation mais ne voulut pas gâcher l'instant. Elle se persuada que ce n'était qu'une marque d'affection. Les mains baladeuses continuaient d'arracher ses vêtements. Elle tenta de lui faire comprendre son malaise :

« On pourrait attendre, s'il te plait. Je l'ai jamais fait ! »

L'inconnu fit mine de ne pas avoir entendu.

« Où est ta chambre ? », dit-il d'un ton menaçant.

Impressionnée et sans trop savoir pourquoi, Mikaela l'y conduisit. Il repoussa violemment la jeune fille. Elle s'effondra sur son lit, comme offerte. Des mains parcouraient son corps d'adolescente. Elle sentit la respiration de l'envahisseur s'accélérer et ses membres se contracter.

Pourquoi avait-il des bras si musclés ?

Sans doute pour mieux la maintenir sous cette emprise. Sans doute pour mieux la broyer dans le noir.

Ses jambes s'entrelacèrent aux siennes. Il commença à lui mordiller les lobes des oreilles. Elle fut effrayée par les grands yeux verts qu'elle trouvait autrefois magnifiques.

Pourquoi avait-il de si grands yeux ?

Sans doute pour que la pupille dilatée puisse la déshabiller. Sans doute pour intensifier l'expression du prédateur qui grimpait au-dessus d'elle.

Dans la pénombre, il lui fit penser à une bête de Gévaudan enragée. La bête, dans son désir hardant, ne pouvait plus être contrôlée. L'étape supérieure venait de s'enclencher. Quelle triste désillusion ! Il l'avait bien rejoint, mais ensemble ils ne riaient pas. Elle criait. Il lui dévoila alors la véracité de ses projets déviants. Jamais il ne fut question d'amour.

Le moment où il lui tira les cheveux n'avait rien de romantique.

Il lui demanda si elle aimait ce qu'il lui faisait.

« Stop arrête ! ».

Elle essaya de se débattre, sans pouvoir se dégager. L'agresseur venait de montrer ses crocs. Il la mit sous la menace d'une arme, qui s'enfonçait sur sa tempe.

Rouge était la goutte de sang qui s'échappait de la blessure naissante.

L'épuisement vint doucement. L'adolescente ne résista plus et s'exécuta machinalement. Les va et viens devenaient un calvaire. Le contact de sa chair la déchirait lentement à l'intérieur.

C'était trop tard ! Elle devenait une femme d'une atroce manière. Accroupie par terre, elle essaya d'éloigner son visage du membre viril qui s'agitait. Le temps semblait figé et le supplice continuait. Quand il eut fini de visiter le reste de son intimité, la jeune fille abusée resta allongée. Elle était souillée et humiliée par ce viol qui laissait une déchirure entre ses cuisses.

Mikaela pleura en pensant à sa pudeur vulgairement bafouée... par cet envahisseur d'intimité.

V.

L'envahisseur d'intimité

Frustration, privation, tentation, noirceur et désirs.

Ces mots résumaient la vie de Freddy. Le psychologue avait fait son bilan : Indifférence froide, irresponsabilité, difficulté à être en lien avec autrui, absence de culpabilité...

La maladie mentale venait de l'enfance. Il avait été privé de la présence de sa mère. Suicidaire, elle lui avait donné le jour alors qu'elle était internée en hôpital psychiatrique.

Il avait vécu chez son beau-père, Franck. Cet alcoolique tortionnaire ne faisait que comater, encrassé dans son canapé. Il ne savait faire autre chose que boire et manger.

Le passé avait laissé de douloureux souvenirs et quelques névroses à Freddy. Il était resté parano et craintif. La nuit l'effrayait...

Il était persuadé qu'une deuxième partie de lui-même vivait sous son lit.

Ce double transformait ses rêves en cauchemars et révélait ses envies sadiques. Apeuré, il se réveillait en hurlant.

Franck ne prenait pas le temps de s'attrister ni de consoler l'enfant. Il le calmait à coups de ceinture. Il alla si fort qu'un soir, il lui cassa le nez... Freddy finissait par s'empêcher de gémir.

La maladie mentale prenait lentement racine.

Freddy avait un regard particulier sur les femmes. Jour après jour, des créatures étranges, vulgaires et males soignées défilaient auprès de son beau-père. Certaines étaient des prostituées.

Une voix intérieure lui parlait alors. C'était une voix dans sa tête, issue de son côté sombre. Elle lui murmurait de leur faire mal. Elle lui disait comment faire. Elle proposait des techniques. La voix disait comment Freddy pourrait étrangler une femme. Elle lui conseillait l'arme blanche qui pouvait égorger. L'oreiller permettait d'étouffer les cris.

Poussé par elle, il commença à se documenter. Il lisait des livres médicaux sur les éventrations. Il étudiait les rudiments de la médecine pour connaître des poisons indécelables.

Parmi les femmes qui marquèrent sa vie, il se souvenait de Tina Grey. Elle changea son regard. Elle était le point lumineux dans son quotidien car, il constata qu'elle parvenait à changer le comportement tyrannique de Franck. Comment s'y prenait-elle, alors qu'elle ne le connaissait qu'à peine ? Que faisait-elle avec un vieux ? En sa présence, son beau-père ne buvait plus.

Cela laissait du temps à Freddy : les entailles sur son dos commençaient à cicatriser.

Bien qu'elle fût trop âgée pour lui, Freddy tomba secrètement amoureux de Tina. C'était la seule des conquêtes de son beau-père qui avait des principes et une bonne conduite. Tina le consolait. Il lui parla de son double « *imaginaire* », qui de temps à autre l'habitait. Mais était-il vraiment imaginaire ? Jusqu'où irait le jumeau ? Est-ce qu'un jour, cette part de lui parviendrait à effacer Freddy pour prendre le dessus ?

Un soir, avant d'aller se coucher, il la surprit dans la salle-de-bains, alors qu'elle se déshabillait. C'était la première fois qu'il voyait une femme nue. Sa chevelure bouclée marqua son esprit à tout jamais ; son dos cambré aboutissait à des parties charnues. Elle n'était que rondeurs.

Ce fut la première fois que la chose qui habitait son entre-jambe se manifesta. Gêné et excité, il retourna dans sa chambre. Il ne voulait pas lutter et se laissa envahit par son double. Son second prit le contrôle : il emplit son esprit de scènes violentes et pornographiques.

La scène se produisait plusieurs fois à l'identique : il observait Tina Grey, puis il allait dans sa chambre se soulager. Il y avait cinquante façons d'imaginer faire l'amour avec elle.

Mais au fur et à mesure, il craignait de moins en moins son double. Tout se déroulait à merveille jusqu'au jour où, en rentrant des cours, il vit des valises dans l'entrée. Le spectacle qui se déroulait lui fut insupportable. Tina pleurait. Des étranges couinements qui s'échappaient de la chambre de son beau-père laissaient deviner qu'il était avec une autre. Tina partit en le laissant sur un sourire échangé. Freddy eut le cœur brisé. Cet épisode jeta un froid sur sa vie. Ce n'était que la partie visible d'un iceberg qu'il connaissait déjà très bien. En touchant le fond, tel un Titanic, il perdait son âme. Il n'avait plus la volonté de combattre la partie la plus sombre de lui-même.

Il rendit les femmes faciles responsables de ce naufrage personnel. Son beau-père venait de tout *foutre* en l'air, pour une dévergondée aux mœurs légères. Dans le cerveau de Freddy, il y avait désormais une catégorie de femmes qu'il fallait punir, parce qu'elles étaient des déchets ; des parasites ; des nuisibles... Elles ne méritaient aucun respect, selon lui. Il châtierait lui-même toutes ces gourgandines briseuses de couples ; ces calculatrices immorales qu'il voyait se dandiner quasiment nues dans les rues et sur le web. Il voulait les ouvrir comme l'aurait fait Jack l'Eventreur.

L'éradication passerait par l'humiliation. Il ne serait pas difficile d'attirer ces créatures dans ses filets pour les éliminer. Un bon champagne, histoire de faire voler quelques billets et le tour serait réglé.

Ce gouffre sans fond était un océan de solitude. Ce fut le tournant de sa vie. Son cauchemar prit corps. L'homme de l'ombre sortit ses griffes de la nuit.

Il retrouverait une « Tina » : une femme respectable, digne d'être aimée de lui ; qui se comporterait bien et qui ne l'aguicherait pas.

Pourquoi avait-il des griffes aussi longues ?

Freddy eut sa première expérience sexuelle avec une fille de son quartier. Pour quelques cigarettes, elle avait accepté de soulever sa robe. Dans l'obscurité, le double l'envahit. Une pulsion lui fit perdre pied… Il céda à la voix qui lui commandait de torturer.

En quelques secondes, la jeune femme s'était retrouvée face contre terre. Ses cris de douleur lui procurèrent un plaisir inouï. Plus elle résistait plus cela l'excitait. Il la laissa sur place. Avant de quitter les lieux, il remonta sa robe sur son visage. Il n'avait aucun remord…

N'avait-elle pas mérité son sort ?

Il avait sa technique de dissimulation. Personne ne parvenait à l'arrêter. Personne ne le soupçonnait. Avec son visage angélique, on lui aurait donné le bon Dieu sans confession. Il se fondait dans la masse. Pour ne pas être repéré, il était photographe.

Il figeait l'image de ses victimes sur papier glacé avant de les éliminer. Elles passaient ainsi à la postérité. Il avait ainsi toute une collection qu'il gardait dans une boîte.

Son tableau de chasse était désormais impressionnant : des dizaines d'agressions sexuelles. Ses victimes n'avaient pas de visage, pas de noms. Il ne les tuait pas systématiquement.

Pourquoi laissait-il certaines en vie ?

C'était une loterie dans sa tête. Il jouait à la roulette russe avec leur vie, sans avoir de logique particulière. La victime pouvait être blonde ou brune ; petite ou grande.

Il aimait beaucoup les femmes mariées. L'idée de rendre service à un mari cocu lui plaisait. Certaines attitudes faisaient monter en lui les pulsions : quand elles mordillaient leur stylo, jouaient avec leur cheveux ou quand elles répétaient en boucle les mêmes questions bêtes. Certaines lui semblaient carrément idiotes... voire connes. Certaines femmes étaient directes. Elles lui demandaient carrément s'il était intéressé par l'acte sexuel.

Parmi ses victimes, il y avait eu peut-être une Mikaela, mais ce n'était qu'un souvenir flou.

Son plaisir était de susciter la peur. Il était le croque-mitaine des temps modernes. Il lui était difficile de résister. Freddy avait mille idées : il se sentait capable de torturer ; de crucifier la victime à son lit au milieu de sa propre intimité. Il ne voyait dans ces femmes que leur misère, proche de l'immondice ou de la fange. Il se voyait les allonger ; les écarteler.

La chaleur de corps dénudé ne durait qu'un temps : le temps qu'elle restait vivante. Il entendait les gémissements et les cris. Les yeux terrifiés se remplissaient de larmes. Puis, dans un dernier souffle, s'installait le froid de la faucheuse. Il livrait ainsi la victime au monstre qui attendait toujours patiemment sous son lit.

Il gardait cependant le souvenir de Tina. Un jour, il fut touché par une femme magnifique qui lui ressemblait. Lors d'une de ses virées nocturnes habituelles, il l'avait vue s'effondrer. Son corps frêle était gelé lorsqu'il arriva jusqu'au quai où elle était inconsciente. Il fut subjugué par sa beauté naturelle. Il la porta jusqu'à sa voiture. Il se nourrissait de ce qu'il voyait : même endormie elle donnait l'impression d'être pure. Il n'osa pas la toucher, de peur de ne plus pouvoir se contrôler et de profaner la pierre précieuse qui se reposait. La femme reprit peu à peu ses esprits. Il lui demanda :

« Ça va mieux ? »

La jeune femme toussa, avant d'acquiescer timidement.

« Je dois t'emmener à l'hôpital ?

- Ce n'est rien de grave. J'ai juste pris froid, répondit-elle péniblement.

- Est-ce que tu en es sûre ? », dit-il en souriant.

Elle se redressa et plongea ses yeux bleus outre-mer dans les siens.

A ce moment-là, il remarqua qu'un léger frisson avait parcourut le visage de sa douce rencontre :

« Tu trembles. Est-ce que tu as froid ? Est-ce que tu as peur ? Pour une femme, c'est dangereux de se promener seule le soir.

«De quoi…? De quoi devrais-je avoir peur ? … de mourir ? , interrogea-elle en riant.

Des sentiments qu'il avait enfui auparavant se manifestèrent.

Il lui rendit son sourire. Et lui tendit de quoi se réchauffer.

Elle était vulnérable, fragile comme un jeune faon. Il fut surpris qu'elle n'ait pas peur de lui. Il avait envie de posséder la belle Aurore. Il avait hâte de la sentir sienne. Il ne se contenta que de la raccompagner. Ce soir-là, il ressentit quelque chose de différent ; quelque chose d'inexplicable. Elle avait un regard si triste ; si déconcertant ! Quand elle était endormie, il avait pu la regarder longuement alors qu'elle était allongée à côtés. Il ressentait qu'elle était comme une rose douce et éphémère.

Qu'est-ce qui se passa ce soir-là ? D'où venait ce basculement dans son devenir ?

Le chasseur s'était-il épris de la biche ?

Il n'avait pas trouvé la force de lui faire du mal. Tout au contraire, il s'était senti apaisé. Elle le laissa pourtant dans l'attente. Elle ne le rappela jamais.

L'incompréhension et le doute envahirent Freddy. Son nouveau garde-fou venait de l'abandonner. Ce fut le retour de ses démons. Son délire le reprit comme une fièvre. Il prit la décision d'assumer celui qui était vraiment.

L'homme de l'ombre sortit ses griffes. Le monstre venait de quitter le placard dans lequel il était tapi. Un décret invisible annonçait l'ouverture de la chasse.

Une nouvelle victime s'offrait déjà :
une jolie rouquine écervelée.

« Un-deux... J'attraperai Alice sans malice !

Trois-quatre... Ton chaperon rouge ne te protégera pas !

Cinq-six... Mens et tire les ficelles ! Tu es mon pantin !

Sept-huit... Envole-toi jusqu'à mon île imaginaire !

Neuf-dix… Trop tard !

Onze-douze… Tu t'es jeté dans la gueule du loup :

Je suis caché sous ton lit »

La rouquine était destinée à devenir elle aussi une triste endormie.

VI.

La triste endormie

Elle vivait dans un univers blanc comme neige. Cette uniformité était stérile et dénuée d'âme, comme une tour d'ivoire. Ce cocon devait la protéger de l'extérieur. Son quotidien était la monotonie.

Aurore était jeune. On aurait pu dire qu'elle avait la vie devant elle. Douce et aimable, elle avait des yeux bleus profonds et des traits fins. Elle avait les cheveux blonds comme les blés, qu'elle retenait parfois d'un simple bandeau noir.

Elle aimait par-dessus tout écrire. Son journal était comme le reflet de son âme.

8 août

Journal, mon beau journal...

Cela faisait bien longtemps que je n'avais pas pris la plume.

Te souviens-tu de moi ?

Je me sens un peu idiote de parler ainsi à un journal. N'es-tu pas inanimé ? Ne suis-je pas trop âgée pour cette pratique ? Je m'imagine qu'écrire dans un journal fait un peu « adolescente »...

Mes questions, sur ces pages, ne resteront-elles pas sans réponse ?

Passons...

Dans une conversation, il est d'usage de parler du temps qu'il fait. Pourtant, j'ignore de quelle couleur est le ciel. Est-il lumineux ? Les nuages sont-ils chassés par le vent ?

J'ai le cœur lourd. J'ai besoin de partager mes envies. Je suis prête à enfin profiter de l'existence ; de ce souffle qui m'habite depuis la naissance ! Expiration, inspiration…

Je me suis toujours tout interdit ! En tournant ces pages, cher journal, je m'aperçois qu'il m'aurait été possible d'avoir mille et une vies ! J'aime tant de choses, qu'il m'est difficile de tout faire en un seul vécu. J'observe mes projets inachevés : une carrière abandonnée de danseuse, un chevalet avec une toile peinte inaboutie et un album photos incomplet… Quel gâchis ! Mais je ne peux m'en prendre qu'à moi-même ! Quelle idée de rêver sa vie au lieu de vivre ses rêves !

Je dois déjà laisser là l'écriture. Il est l'heure de me rendormir. Le mucus se développe et la fatigue se fait sentir.

Aurore

Le temps passa, sans qu'elle puisse faire autre chose. Elle fermait les yeux et se sentait absorbée par une nuit infinie. Une sorte de gouffre…

09 août

Journal, mon beau journal…

Je me sens différente. Mes journées sont inutiles.

Aujourd'hui, je suis sortie de ma chambre pour me promener! Dans l'ensemble, je suis fière de moi. Comme une condamnée, j'ai pu longer le couloir de la mort, dans cet hôpital qui m'offre un long séjour à l'ombre. Ces quelques pas ont pourtant été une victoire pour moi.

À leur habitude, les personnes qui m'ont croisée, n'ont pas arrêté de me sourire comme si elles étaient désolées! Elles ont tellement peur que je me brise en deux sous leur nez qu'elles n'osent pas me regarder plus de dix secondes dans les yeux. Journal, mon beau journal, est-ce mon apparence ?

La maléfique pathologie se reflète-t-elle sur mon visage, flétrissant ma beauté ? Pourtant, je fais tant d'efforts pour que mon funeste sort n'effraie personne !

Le foutu mucus continue son chemin tortueux ! Il est comme un envahisseur visqueux, qui gagne du terrain. Il n'avance jamais sans son double : une douleur abominable. Cela m'a toujours exaspérée !

Hélas ! Dans notre monde, il n'y a pas de marraine qui, telle une bonne fée, me permettrait de tout effacer.

Aurore

L'écriture chassait les maux. Elle avait désormais besoin de retrouver son journal, comme d'autres cherchent des formules dans un grimoire.

10 août

Journal, mon beau journal…

Je suis seule, allongée sur mon lit et prisonnière de mon corps endolori. Le médecin et ma mère viennent de partir.

Ma mère n'a pas changé. La seule solution qu'elle ait trouvé pour me protéger était de m'éloigner du monde, de me surprotéger, m'étouffant presque. Pourtant, le danger me guette comme un loup tapi dans une forêt sombre. Je suis assez proche de lui pour distinguer ses yeux rouges. On dirait deux rubis.

Alors que je faisais mine de dormir (ce que je sais faire de mieux), j'ai entendu le verdict. Il est tombé comme un couperet, accompagné des sanglots de ma mère. Si elle avait eu du courage, elle aurait déposé une caresse sur ma joue. Mais je ne faisais qu'imaginer un instant qui ne vint pas.

Pauvre maman ! Elle aurait tant voulu un garçon ! Elle a eu une fille et de surcroît affaiblie de naissance.

Aurore

Le journal s'étoffait. Au fil des phrases qui dormaient à points fermés, Aurore se disait que la vie n'est qu'un songe[5]. A l'approche de la fin, elle pensait de temps en temps à un au-delà possible…

11 août

Journal, mon beau journal…

Le ras le bol se fait sentir ! J'en ai marre de tout ! J'ai une envie de m'enfuir, qui se fait de plus en plus forte. Il me faut de l'air ! Je suffoque !

N'est-ce pas tout le combat de ma vie : lutter pour respirer ? J'ai été

---

[5] Calderon de la Barca- *La vie est un songe*.

attendrie par le vol de la colombe décrite par Soprano[6] dans Hiro :

« Tellement d'choses que j'aurais voulu changer ou voulu vivre

Tellement d'choses que j'aurais voulu effacer ou revivre

Mais, tout cela est impossible ami Donc j'inspire un grand coup et je souffle [...]

J'aurais aimé voyager à travers le temps

Mais on ne peut vivre que le présent On ne peut vivre que le présent »

J'ai décidé aujourd'hui de rectifier certains de mes désirs inachevés. J'ai bravé pour la première fois les interdits et affronté le danger, mon épée de

------

[6] Soprano- Référence à la chanson *Hiro*

Damoclès au-dessus de la tête! Je me suis secouée pour retrouver la force de me lever. J'ai arraché tous ces « putains » de fils qui me tiennent enchaînée.

Je me sentais enfin libre, même si « liberté » était alors un bien grand mot. Je n'en demandais pas plus. Quel plaisir de déambuler dans les rues ! Je me sentais délivrée. Plus de « bips »! Plus de blouse blanche !

Dans les rues, je fus étonnée des odeurs de pisse et de pollution. L'environnement, peu poétique, était occulté par le goût du risque et l'excitation que je ressentais. De toute façon, je n'ai rien à perdre !

Ressentir autre chose qu'un arrière goût de sang était impératif. Quelle ironie ! Tous mes organes me torturent et m'affligent. Seul mon cœur reste de marbre, comme si il n'était déjà plus là.

Aurore

Aurore profita de ces moments d'échappée belle. Elle s'oublia dans ces instants. La Faucheuse suivait chacun de ses pas, dévoreuse du temps qui passe.

12 août. 20 heures.

Journal, mon beau journal...

J'ai osé ! J'ai pu faire ce que j'avais planifié. J'en ai été tristement récompensée. La promenade que je me suis offerte hors de mon donjon m'a permis de vivre un spectacle urbain. Je ne me souvenais plus que le crépuscule soit si poétique! Sous une rafale de vent, je me suis évanouie.

Aurore

Le temps s'égrainait. Les minutes défilaient, dans le silence de la chambre vide. Aurore sentait qu'elle avait moins de force. La plume semblait être de plomb.

12 août.

21 heures 45 minutes.

Journal, mon beau journal…

Un homme m'a aidée alors que j'étais au sol! Il rôdait autour de moi depuis un moment! Lorsque je me suis réveillée, il me regardait étrangement.

Il s'appelle Freddy. Il n'a rien d'un prince mais je le trouve charmant. J'espère qu'il n'a pas remarqué mon teint blafard, mes yeux vides et mes lèvres violacées qui font de moi un spectre mourant. M'a-t-il trouvé jolie ou a-t-il eu pitié de moi ?

Aurore

Tout n'allait-il pas pour le mieux dans le meilleur des mondes possibles ?[7] Aurore n'était plus aussi candide. Elle enterrait doucement ses espérances alors que le soir tombait. La nuit était sans étoile, mais une lune de fiel s'emparait d'elle.

12 août. 22 heures.

Journal, mon beau journal…

Mon souffle se fait de plus en plus court. En moi, la maladie est telle une forêt de ronces qui lacère mes organes.

Un à un, j'ai détaché tous les artifices qui maintenaient un semblant de beauté. J'ai effacé le maquillage du bord de mes yeux.

---

[7] Voltaire- *Candide*

J'ai retiré le soutien-gorge qui agresse ma poitrine, où s'esquisse une cicatrice encore douloureuse. J'ai laissé des morceaux de moi-même sur maintes tables d'opération.

En me voyant, j'ai envie d'hurler.

Mais les cris me sont impossibles. Ils se meurent dans mes poumons fanés.

Je me présenterai sans fard à la Faucheuse. J'ai vu sa longue cape noire. Sa faux présentait un reflet argenté sous la lune. Sur son visage, un sourire de Joconde reste figé. Je la vois qui m'observe ! Je la sens se rapprocher doucement. Elle attend que je dépose les armes. J'ai envie de lui dire à quel point je l'emmerde ! Je ne veux plus souffrir ; je n'ai pas peur d'elle !

Depuis combien de temps est-ce que je sais que je vais mourir ?

Ce sont mes derniers instants. Il y a tellement de liquides dans mes poumons que j'ai le sentiment de me noyer. Je ne voulais pas m'éteindre dans une chambre d'hôpital mais ces chose-là ne se choisissent pas! Je sens que mon corps ne répond plus. Le peu d'énergie qu'il me reste et cette main faible me permettent à peine de manier le stylo. C'est avec souffrance et soulagement que je termine mon long voyage.

Avant de disparaître, cher journal, je te demande de dire à ma mère combien je l'aime. Je sais qu'elle m'a gardé dans une tour dorée pour me protéger. Mais j'ai désobéi. J'imagine quelle aurait été la scène qu'elle m'aurait faite si elle m'avait surprise. Elle aurait rugis contre moi comme un dragon.

Je n'aurais pas eu le temps d'accomplir mes rêves, comme celui de me marier dans une robe couleur de Temps. Jamais ils ne vécurent heureux et eurent beaucoup d'enfants. Quel gâchis juste au moment où j'aurai pu être avec un homme charmant. Aucun baiser ne me sortira de ma torpeur.

Que personne ne me pleure. Imaginez seulement que je sois endormie pour une centaine d'années ».

Sur ce point final, similaire à un grain de beauté sur la page, Aurore s'endormit. La maladie, telle un bourreau, l'emporta. Cela n'empêcha pas le monde de continuer de tourner. N'y avait-il pas ailleurs d'autres femmes admirables ?

VII.

La femme admirable et le bourreau

Désirée et Pierre s'aimaient. Cet amour était incontestable. Ils s'étaient rencontrés sur un forum de discussion, lorsqu'elle avait dix-sept et lui dix-neuf ans. Cinq cent kilomètres les séparaient l'un de l'autre. Elle était une fille ambitieuse qui avait sacrifié ses études littéraires pour aider ses parents, divorcés et surendettés, à s'en sortir. Quant à Pierre, il était le fils unique d'un ouvrier.

Même s'ils ne s'étaient pas encore physiquement rencontrés, ils ne pouvaient plus se passer l'un de l'autre. Ils avaient très peu de choses en commun, mais étaient tous les deux en recherche d'affection. Ils passaient des journées entières sur Internet... épris dans la toile.

Leur relation virtuelle dura un an.

Un jour de rencontre physique fut pourtant fixé, au bord d'une piscine. Désirée ressentait un stress intense. Pierre était pressé de pouvoir enfin être aux côtés de celle qu'il envisageait déjà comme « sa chose ». Il voulait la posséder de prime-abord, comme on possède un objet. Mais était-elle de grande valeur ?

Il la trouva belle au premier regard. Le risque des relations virtuelles est qu'elle aurait pu mentir sur son physique. Il fut rassuré de voir qu'elle était telle qu'elle l'avait dit avec des mots : de taille moyenne, brune, avec de longs cheveux et juvénile.

L'instinct qui poussait Pierre à la posséder conduisit Désirée à se sentir en sécurité. N'était-ce pas la promesse d'une relation solide ? La preuve qu'il tenait déjà à elle énormément ?

Elle était en même temps un peu effrayée par cette attraction mutuelle. Tout allait si vite ! Leur premier baiser fut une révélation.

Il l'embrassa un jour de pluie, alors qu'ils étaient à peine protégés par un parapluie. Le ciel bleu, sur eux, pouvait s'effondrer. Ils se foutaient du monde entier.[8]

Depuis ce jour, ils ne s'étaient plus quittés.

Vécurent-ils heureux ?

Au bout de deux ans de mariage, Pierre vivait toujours les événements intensément. Il la trouvait toujours aussi belle et en était amoureux.

Après un coup de téléphone, Pierre pensa que Désirée le trompait. Elle n'avait pas trouvé les mots pour le rassurer. N'avait-il pas été un bon mari ? N'avait-il pas fait tout ce qui était attendu de lui ? Il lui avait tout donné pour qu'elle soit à l'abri. Il l'avait laissée reprendre ses études. Il l'entretenait parfaitement bien, afin qu'elle n'ait pas besoin de travailler. Le

---

[8] Edith Piaf- Paroles de l'*Hymne à l'amour*.

travail aurait flétri sa beauté et aurait ouvert le risque qu'elle rencontre d'autres hommes.

Désirée aurait pu être heureuse, mais elle ne se sentait plus en sécurité. Comment s'échapper ? Ses proches n'auraient pas accepté un divorce alors que Pierre avait l'air si parfait. L'idée lui vint de casser cette image. Elle parla à sa meilleure amie de la jalousie maladive de Pierre, mais en exagérant un peu ses réactions. Elle se persuada qu'il l'avait traité de « femme facile », de « pute »…

Pierre était centré sur l'idée de réussite sociale. Leur relation avait un aboutissement dans le mariage. Il lui passa donc la corde au cou et lui offrit une jolie maison.

Eurent-ils beaucoup d'enfants ?

Grâce à son activité, Pierre pouvait enfin songer à fonder une famille. Il y avait sur ce point une ombre à son tableau idyllique. Il ne s'expliquait pas pourquoi il ne parvenait pas à remplir ce rêve. Désirée refusait-elle d'avoir un enfant avec lui?

Un enfant ? Désirée s'y opposait sans l'exprimer à haute voix. Une grossesse l'aurait clouée davantage à cette situation. Son mari n'avait trouvé là qu'une façon égoïste de l'enchainer un peu plus. Alors que Pierre croyait qu'elle avait arrêté de prendre sa pilule, elle la prenait en cachette. Les tentatives d'avoir un bébé avortaient, sans que Pierre ne comprenne pourquoi.

Il demanda alors de faire des tests. Il était sûr qu'elle était stérile, comme si le problème ne pouvait venir de lui. Bien qu'elle sache pertinemment que c'était faux, ce comportement la heurta. Ils commencèrent à s'engueuler en public. Au fur et à mesure, leurs amis se faisaient rares.

Pierre était encore plus étouffant. Il fallait essayer presque tous les jours. Désirée ne voulait surtout pas l'énerver. Prendre sa liberté devenait une obsession. L'herbe pouvait être plus verte ailleurs.

Ils étaient pourtant unis par le même sentiment : leur amour perdait de sa force, comme Achille quand la flèche toucha son talon. Ils avaient croqué dans une même pomme qui distillait lentement un poison.

Comment l'amour s'étiole-t-il ?

Le couple était comme les deux faces d'une pièce. Chacun vivait différemment les mêmes événements. Personne ne pouvait réellement définir qui en était la victime : elle ou lui ?

Pierre était sûr qu'il était cocu.

Désirée se sentait de plus en plus ligotée dans ce foyer. Elle voulait s'enfuir. Cependant, la liberté représentait un risque. Elle avait peur de sa réaction. Elle ressentait qu'il pourrait aller jusqu'à la tuer plutôt que d'accepter qu'elle puisse lui échapper.

A la moindre sonnerie, Désirée sursautait. Chaque fois que le téléphone ou l'interphone retentissaient, elle redoutait une nouvelle dispute. Les paroles de Pierre pouvaient être terribles :

« C'est qui ? Pourquoi tu ne décroches pas ? Ça te gêne que je sois là ? ».

Pour faire face, Désirée prenait une longue inspiration. Elle sentait ses mains trembler, quand elle attrapait le combiné.

Un jour, il s'approcha d'elle afin de mettre le haut parleur. Elle pria pour que son interlocuteur ne soit pas un homme.

« HALLO ? »

La voix était masculine. Elle n'eut pas le temps de l'identifier. C'était peut-être son frère qui venait aux nouvelles, ou bien le jardinier qui appelait pour sa paye du mois.

La voix était virile. Elle déchaîna l'orage et le désespoir.

Désirée n'eût pas le temps de se retourner ni de raccrocher. Pierre commença à la menacer et à l'insulter.

La voix était masculine. Pierre était sûr que Désirée se moquait de lui. C'était sans doute son amant ou un potentiel danger. Elle osait l'humilier.

« C'était qui ?

– Je ne sais pas ! Tu ne m'as pas laissé répondre ».

Elle reçut une première gifle retentissante. Les insultes explosèrent :

« Sale pute, salope ! Je sais que tu baise ailleurs !

– Ne parle pas comme ça ! Arrête, s'il te plait. »

Effrayée par la fureur de Pierre, Désirée ne bougea plus et resta sur place. Elle le laissa la traiter comme une moins que rien. Elle se recroquevilla comme un enfant puni et se mit à pleurer.

Voyant que sa rose se soumettait à lui, Pierre se calma et la prit dans ses bras. Il s'excusa. Cependant, la gifle qu'il lui avait infligée continuait intérieurement de le troubler.

Désirée ne comprenait pas pourquoi il se comportait de la sorte. Comment pouvait-il prétendre être un mari protecteur et aimant alors qu'il n'était qu'une bête ? Sauvage, il était capable de se jeter sur elle au moindre faux pas. Pour se rassurer, elle se convainquit qu'il ne recommencerait plus. Il fallait lui laisser une chance de changer et de redevenir doux comme un agneau.

Aimer jusqu'à ce que la mort nous sépare?

Quand elle sortait de chez elle, elle se sentait systématiquement observée. A chaque coin de rue, un des acolytes de Pierre la surveillait. Désirée faisait mine de ne pas le remarquer et continuait son chemin. L'homme ne la lâchait pas du regard. Chaque sortie était accompagnée des questions de Pierre : où allait-elle ? Avec qui ? À quelle heure serait-elle rentrée ? La pression était constante. Aucun homme ne pouvait lui adresser la parole, sans éveiller des pics de jalousie chez Pierre.

Pierre l'observait à distance. Il savait quand quelqu'un lui parlait. Cela déclenchait des crises de paniques. La colère était comme un Léviathan. Elle n'était pas sensée sortir sans le prévenir ! Il lui défendait d'être seule ! Il attendait donc des excuses. Il sentait encore cette envie de la gifler, quoiqu'il se fût promis de ne plus jamais recommencer.

Désirée était soulagée quand Pierre était absent. Elle retournait alors à des activités plaisantes. Elle avait alors du temps pour un masque ou un gommage. Elle, qui était esclave du ménage, pouvait enfin se faire les ongles. Elle prenait un soin particulier à effacer les stigmates des longues nuits passées à pleurer. Il était particulièrement difficile cependant de trouver un fond de teint qui cacha les bleus. Elle essayait aussi de désamorcer les tensions en préparant le repas préféré de Pierre, par exemple.

Il lui parut étrange que Pierre soit de plus en plus absent. Quand elle appelait sur son lieu de travail, la secrétaire bredouillait, incapable de transmettre l'appel. Désirée avait des soupçons. Elle commença à se demander si Pierre n'avait pas une double vie. Elle bouillonnait. Ce serait là un comble si le soi-disant cocu était en fait le véritable trompeur. Mais, constamment surveillée, Désirée ne voyait aucune échappatoire. Elle se décida à provoquer une bonne discussion. Il fallait mettre carte sur table.

A minuit, la porte d'entrée claqua. Elle entendit la clé qui l'enfermait à double tour, comme dans une cage. Désirée se permit de questionner Pierre:

« Où étais-tu ? Je me suis sérieusement inquiétée ! Tu te permets de m'enfermer ? Tu deviens malade, là ! Tu vas trop loin !

Pierre la fixait d'un regard noir, sans répondre. L'audace avec laquelle elle se permettait de le questionner faisait monter un sentiment de haine en lui.

« Où étais-tu ? Réponds ! ...

... Bon ! Je crois que je ferais mieux d'aller me coucher ! »

D'un seul coup, Pierre l'attrapa part les cheveux en hurlant :

« Ta gueule ! Tu te fous de moi ? Arrête de jouer avec moi ! Avec qui tu as parlé aujourd'hui ? »

Désirée le supplia d'arrêter.

Mais la colère était comme un tourbillon qui entraînait Pierre hors de la réalité. Il était fou, habité par la brutalité. Ses yeux étaient injectés de sang. Il arracha la nuisette bleue qu'elle portait.

« C'est pour qui cette tenue ? Tu ressembles vraiment à ce que tu es : une Pute, une sale garce. Tu as raison, sois toi-même ! »

Il lui cogna la tête contre le mur.

Désirée tomba à terre. Elle posa sa main sur son front. Une sensation de chaleur lui indiqua qu'elle saignait. Elle vit Pierre lui foncer dessus. Il la roua de coups de pieds. Désirée voulait que le calvaire cesse. Pour apaiser la furie, elle murmura finit « pardon ». Mais, aveugle et sourd, il la traina dans les escaliers jusqu'au sous-sol.

« Je ne dors pas avec une trainée ! »

Il l'enferma dans la cave. Désirée regarda le verrou, en sentant que toute liberté possible s'éteignait.

Elle s'assoupit sur le sol froid. Sa nuisette déchirée et pleine de tâches de sang, avait perdu sa couleur bleu nuit. Elle sentit que son corps étaient couvert d'hématomes. Fallait-il encore essayer de comprendre ? Etait-ce de sa faute ? Avait-elle été incapable de lui appartenir ? Il traversait sans doute une période difficile. Etait-elle assez à l'écoute ?

Elle eût un doute... Peut-être qu'elle avait eu réellement l'attitude d'une garce?

Pierre était satisfait de la punition qu'il avait trouvée. Le temps lui paraissait suffisamment. Il décida d'aller la chercher. Le plaisir procuré par la domination décuplait ses forces. Il était le maître du jeu !

Quelques marches le séparaient d'elle. Il descendit l'escalier dont le bois grinça à chacun de ses pas.

Désirée tenta de se redresser. Elle se sentait comme une poupée disloquée. Son bras était fracturé, si bien qu'il lui fut difficile de se relever. Elle titubait.

Pierre la tira vers le haut, en l'attrapant par la gorge. Il pinça son menton. Il relâcha son chignon défait par lequel il la saisissait. De sa main gauche, il lui caressa le visage :

« Je t'aime mais ne me fais plus ça ! Tu es à moi ! Tu as bien compris ? Le jour où tu me quitteras, ce sera parce que je t'aurais tuée ».

Comme après chaque tempête, il lui fit l'amour. Intérieurement, elle souhaitait résister. Mais la peur d'être frappée la conduisit à se taire et à se laisser faire.

La vie poursuivit son cours, comme si tout n'avait été qu'un mauvais rêve. Pierre la regardait de nouveau avec bienveillance. Il la couvrait d'attentions, en lui jurant de ne plus la faire souffrir.

Pierre n'était pas fier de ce qu'il avait fait. Il savait qu'il avait perdu pied. Cependant, il avait ce besoin malsain de savoir que sa rose ne pourrait s'épanouir sans lui.

Le temps passa.

11 août...

Un soir, Pierre s'endormit en oubliant de fermer son ordinateur. Désirée découvrit alors le contenu de sa boîte-mails. Un des mails contenait une photo de Pierre avec une autre femme. Elle entendit à peine la question de Pierre :

« Qu'est-ce qui te prend ? Pourquoi tu fouilles dans mon ordinateur ? »

Désirée ne pouvait se taire. Elle laissa éclater sa déception.

« Est-ce que tu me trompes? C'est pour ca que tu es si possessif ? Tu en veux plusieurs ? Ne t'approche plus de moi ! Tout est fini ! ».

Le cœur de Pierre saigna. Son animosité se déchaîna. Il l'attrapa alors qu'elle tentait de rassembler ses affaires. Il la frappa avec tous les objets qu'il avait sous la main. Les os de son corps et son visage cédaient sous la violence des coups. Le châtiment continua jusqu'à ce qu'elle perde connaissance. Il l'allongea, inerte, sur le lit.

13 août...

Lorsque Désirée ouvrit les yeux, elle vit son reflet dans le miroir. Elle laissa échapper un soupir d'effroi en se voyant défigurée. Le silence autour d'elle lui fit comprendre que la maison était vide.

Pierre était sorti. Il savait qu'il avait dépassé les bornes. Mais il n'avait pas supporté l'hypothèse d'une séparation. Il s'arrêta chez le fleuriste. Il s'imaginait qu'il pourrait tout arranger, qu'elle le pardonnerait comme à son habitude. Mais arrivé chez lui, il ne trouva plus Désirée. Un mot l'attendait dans la chambre.

« Désolée. Je t'aimais, mais tu m'as brisée...

Adieu »

Le papier minuscule glissa de ses mains. Pierre s'effondra, sans que la bête ne puisse le secourir. Le plus beau rôle de sa vie était fini. Il redevint celui qu'il était avant de rencontrer Désirée : on l'appelait tantôt Pierre, tantôt Pietro. Il mènerait le monde par le bout du nez… un nez menteur.

Fin...

... mais la fin n'est que le début d'autre chose.

Avez-vous retenu la leçon ?

Table des matières

Remerciements

*

Merci à Olivier C. pour son soutien et son implication.

Merci à Mickael de m'avoir poussée à réaliser ce projet.

Merci à Emilie C. pour sa contribution.

Merci à Daniel.

Merci à ma mère et mon beau père, Nicole et Philippe.

Merci à Aussitôt Fée pour son accompagnement à l'écriture www.aussitotfee.com.

Merci à Volant Néli pour son talent et la réalisation de la bande annonce du livre visible sur ma page facebook: https://www.facebook.com/ametys.seima.

Merci à Imagerie Production Manu Mutzig pour le crédit photos.

Merci à Fotolia. Crédits photos :

- Chapitre I. Fichier : #60819659 | Auteur : Giuseppe Porzani

- Chapitre II. Fichier : #57272206 | Auteur : brat82

- Chapitre III. Fichier : #82794259 | Auteur : sharpner

- Chapitre IV. Fichier : #80664081 | Auteur : andrys lukowski

- Chapitre V. Fichier : #73468987 | Auteur : rangizzz

- Chapitre VI. Fichier : #81952347 | Auteur : patila

- Chapitre VII. Fichier : #76391212 | Auteur : darkhriss

Edition : BoD - Books on Demand
12/14 rond-point des Champs Elysées, 75008 Paris
Dépôt légal : Août 2015